REFLEXIONS NOUVELLES

SUR

LES FEMMES,

Par une Dame de la Cour.

Le prix est de quinze sols.

A PARIS,

Chez FRANÇOIS LE BRETON, pere,
Libraire, à la descente du Pont-Neuf,
proche la ruë de Guenegaud,
à l'Aigle d'or.

M. DCC. XXVII.

Avec Approbation & Privilege du Roy.

Le Censeur m'a accordé à
Lunéville 8. janvier 1738. n.º 765.

AU LECTEUR.

UN *Ancien disoit que les pensees étoient les promenades de l'esprit. J'ai cru avoir le privilege de me promener de cette maniere. Les idées se sont offertes assez naturellement à moi, & de proche en proche elles m'ont menée plus loin que je ne devois ni ne voulois. Voici le chemin qu'elles m'ont fait faire. J'ai été blessée que les hommes connussent si peu leur interêt, que de condamner les Femmes qui sçavent occuper leur esprit. Les inconveniens d'une vie frivole & dissipée, les dangers d'un cœur qui n'est soutenu d'aucun principe* m'ont aussi toujours frappée. J'ai examiné si on ne pouvoit pas tirer un meilleur parti des Femmes, j'ai trouvé des Auteurs respecta-bles qui ont crû qu'elles avoient en elles des qualitez qui les pouvoient conduire à de grandes choses, comme l'imagination, la sensibili-té, le goût : presens qu'elles ont reçus de la Nature. J'ay fait des reflexions sur chacune de ces qua-litez. Comme la sensibilité les do-mine, & qu'elle les porte natu-rellement à l'amour, j'ai cherché si on ne pouvoit point les sauver des inconveniens de cette passion, en separant le plaisir de ce qu'on appelle vice. J'ai donc imaginé une Métaphisique d'amour : la pratiquera qui pourra.

REFLEXIONS
NOUVELLES
SUR
LES FEMMES.

L E Livre de Dom-Quichotte, selon un Auteur Espagnol, a perdu la Monarchie d'Espagne; parce que le ridicule qu'il a répandu sur la valeur, que cette Nation possedoit autrefois dans un dégré si

éminent, en a amolli & éner-
vé le courage.

Moliere en France a fait le
même defordre , par la Co-
medie des Femmes Sçavan-
tes. Depuis ce tems - là ,
on a attaché prefque au-
tant de honte au fçavoir
des Femmes , qu'aux vices
qui leur font le plus défendus.
Lorfqu'elles fe font vûës at-
taquées fur des amufemens
innocens , elles ont compris
que , honte pour honte, il
falloit choifir celle qui leur
rendoit davantage , & elles
fe font livrées aux plaifirs.

Le defordre s'eft accru par
l'exemple , & a été autorifé
par les femmes en dignité ;

car la licence & l'impunité
font les privileges de la Grandeur : Alexandre nous l'a ap-
pris. On vint un jour lui dire
que fa fœur aimoit un jeune
homme, que leur intrigue
étoit publique, & qu'elle fe
refpectoit peu : *Il faut bien,*
dit-il, lui laiffer fa part de la
Royauté, qui eft la liberté &
l'impunité. *

La focieté a-t'elle gagné
dans cet échange du goût
des Femmes ? Elles ont mis
la débauche à la place du fçavoir ; le precieux qu'on leur
a tant reproché, elles l'ont
changé en indécence : Par-là
elles fe font dégradées ; &
font déchuës de leur dignité ;

* *Qui peut tout ose tout. Machiavel.*

car il n'y a que la vertu qui leur conserve leur place , & il n'y a que les bienséances , qui les maintienent dans leurs droits. Mais plus elles ont voulu ressembler aux hommes de ce côté-là , & plus elles se font avilies.

Les hommes par la force plûtôt que par le droit naturel , ont usurpé l'autorité sur les femmes ; elles ne rentrent dans leur domination que par la beauté & par la vertu : Si elles peuvent joindre les deux , leur empire sera plus absolu : mais le regne de la beauté est peu durable. On l'appelle une courte tyrannie; elle leur donne le pouvoir de faire des malheureux, mais il ne faut pas qu'elles en abuſent.

Le regne de la vertu eſt pour toute la vie : c'eſt le caractere des choſes eſtimables de redoubler de prix par leur durée, & de plaire par le dégré de perfection qu'elles ont, quand elles ne plaiſent plus par le charme de la nouveauté. Il faut penſer qu'il y a peu de tems à être belle, & beaucoup à ne l'être plus ; que quand les graces abandonnent les Femmes, elles ne ſe ſoûtiennent que par les parties eſſentielles & par les qualitez eſtimables. Il ne faut pasqu'elles eſperent allier une jeuneſſe voluptueuſe & une vieilleſſe honorable. Quand une fois la pudeur eſt immolée, elle ne revient pas plus que les belles années : c'eſt elle qui ſert leur veritable interêt : elle augmente leur beauté : elle en eſt la fleur : elle ſert d'excuſe à la laideur : elle eſt le charme des yeux, l'attrait des cœurs, la caution des vertus, l'union & la paix des familles.

Mais ſi elle eſt une ſûreté pour les mœurs, elle eſt auſſi l'aiguillon des deſirs : ſans elle l'amour ſeroit ſans gloire, & ſans goût ; c'eſt ſur elle que ſe prennent les plus flateuſes conquêtes ; elle met le prix aux faveurs. La pudeur enfin eſt ſi neceſſaire aux plaiſirs, qu'il la faut conſerver dans les tems mêmes deſtinez à la perdre ; elle eſt auſſi une coquetterie rafinée, une eſpece d'enchere, que les belles perſonnes mettent à leurs appas, & une maniere délicate d'augmenter leurs charmes en les cachant. Ce qu'elles dérobent aux yeux leur eſt rendu par la liberalité de l'imagination. Plutarque dit qu'il y avoit un Temple dedié à Venus la voilée. *On ne ſçauroit*, dit-il, *entourer cette Déeſſe de trop d'ombres, d'obſcuritez & de myſtères.* Mais à preſent l'indécence eſt au point de ne vouloir plus de voile à ſes foibleſſes.

Les Femmes pourroient dire : quelle eſt la tyrannie des hommes ! Ils veulent que nous ne faſſions aucun uſage de notre eſprit ni de nos ſentimens. Ne doit-il pas leur ſuffire de regler tout le mouvement de notre cœur, ſans ſe ſaiſir encore de notre intelligence ? Ils veulent que la bienſéance ſoit auſſi bleſſée , quand nous ornons notre eſprit , que quand nous livrons notre cœur. C'eſt étendre trop loin leurs droits.

Les hommes ont un grand interêt à rappeller les Femmes à elles-mêmes & à leurs premiers devoirs. Le divorce que nous faisons avec nous-mêmes, est la source de tous nos égaremens. Quand nous ne tenons pas à nous par des goûts solides, nous tenons à tout. C'est dans la solitude que la verité donne ses leçons, & où nous apprenons à rabattre du prix des choses, que notre imagination sçait nous surfaire. Quand nous sçavons nous occuper par de bonnes lectures, il se fait en nous insensiblement une nourriture solide, qui coule dans les mœurs.

Il y avoit autrefois des maisons où il étoit permis de parler & de penser, où les Mufes étoient en focieté avec les Graces. On y alloit prendre des leçons de politeffe & de délicateffe: les plus grandes Princeffes s'y honoroient du commerce des gens d'efprit.

Madame Henriette d'Angleterre, qui auroit fervi de modele aux Graces, donnoit l'exemple. Sous un vifage riant, fous un air de jeuneffe qui ne fembloit promettre que des jeux, elle cachoit un grand fens & un efprit ferieux. Quand on traitoit ou qu'on difputoit avec elle, elle oublioit fon rang, & ne paroiffoit élevée que par fa raifon. Enfin l'on ne

croïoit avancer dans l'agrément & dans la perfection,
qu'autant qu'on avoit fçû
plaire à <u>Madame</u>. Un Hôtel
de Rambouillet fi honoré
dans le fiecle paffé feroit le
ridicule du nôtre. On fortoit
de ces maifons, comme des
repas de Platon, dont l'ame
étoit nourrie & fortifiée.
Ces plaifirs fpirituels & délicats ne coûtoient rien aux
mœurs, ni à la fortune; car
les dépenfes d'efprit n'ont
jamais ruiné perfonne. Les
jours couloient dans l'inno-
cence & dans la paix. Mais
à prefent que ne faut-il point
pour l'emploi du tems, pour
l'amufement d'une journée?

Quelle multitude de goûts se
fuccedent les uns aux autres!
La Table, le Jeu, les Spectacles. Quand le luxe & l'ar-
gent font en crédit, le veritable honneur perd le fien.

On ne cherche plus que
ces Maifons ſſ où regne un
luxe honteux. Ce Maître de
la Maifon, que vous hono-
rez, fongez, en l'abordant,
que fouvent c'eſt l'injuſtice
& le larcin que vous faluez.
Sa Table, dites-vous, eſt
délicate; le goût regne chez
lui. Tout eſt poli, tout eſt
orné, hors l'ame du Maître.
Il oublie, dites - vous, ce
qu'il eſt : Eh comment ne
l'oublieroit-il pas ? Vous l'ou-
bliez

bliez vous même. C'eſt vous
qui tirez le rideau de l'oubli
& de l'orgueil devant ſes
yeux. Voilà les inconveniens
pour les deux ſexes, où conduit l'éloignement des lettres
& du ſçavoir; car les Muſes
ont toujours été l'azyle des
mœurs.

LesFemmes ne peuvent-el-
les pas dire aux hommes:quel
droit avez-vous de nous dé-
fendre l'étude des ſciences &
des beaux arts ? Celles qui s'y
ſont attachées, n'y ont-elles
pas réuſſi & dans le ſubli-
me & dans l'agréable ? Si les
Poeſies de certaines Dames
avoient le merite de l'anti-
quité, vous les regarderiez

avec la même admiration que les Ouvrages des Anciens à qui vous faites juſtice.

Un Auteur très-reſpecta-ble donne au ſexe tous les agrémens de l'imagination. *Ce qui eſt de goût eſt*, dit-il, *de leur reſſort, & elles ſont Juges de la perfeꞇion de la langue.* L'avantage n'eſt pas medio-cre.

Or, que ne doit-on pas aux agrémens de l'imagina-tion ? C'eſt elle qui fait les Poëtes & les Orateurs ; rien ne plaît tant que ces imagi-nations vives, délicates, rem-plies d'idées riantes : ſi vous joignez la force à l'agrement, elles dominent, elles forcent

l'ame & l'entraînent; car nous
cedons plus certainement à
l'agrément qu'à la verité. L'i-
magination est la source & la
gardienne de nos plaisirs. Ce
n'est qu'à elle qu'on doit l'a-
gréable illusion des passions.
Toujours d'intelligence avec
le cœur, elle sçait lui fournir
toutes les erreurs dont il a
besoin ; elle a droit aussi sur
le tems, elle sçait rappeller
les plaisirs passez, & nous
fait jouir par avance de tous
ceux que l'avenir nous pro-
met : elle nous donne de ces
joyes serieuses, qui ne font
rire que l'esprit; toute l'ame
est en elle, & dès qu'elle se
refroidit, tous les charmes

de la vie disparoissent.

Parmi les avantages qu'on donne aux Femmes, on prétend qu'elles ont un goût fin, pour juger des choses d'agrément. Beaucoup de personnes ont défini le goût. Une Dame * d'une profonde érudition a prétendu que c'est une harmonie, un accord de l'esprit & de la raison, & qu'on en a plus ou moins, selon que cette harmonie est plus ou moins juste. Une autre personne a prétendu que le goût est une union du sentiment & de l'esprit, & que l'un & l'autre d'intelligence, forment ce qu'on appelle le

* Madame Dacier.

jugement. Ce qui fait croire
que le goût tient plus au ſentiment qu'à l'eſprit , c'eſt
qu'on ne peut rendre raiſon
de ſes goûts , parce qu'on ne
ſçait point pourquoi on ſent:
mais on rend toujours raiſon
de ſes opinions & de ſes con-
noiſſances. Il n'y a aucun rapport , aucune liaiſon necef-
ſaire entre les goûts : ce n'eſt
pas la même choſe entre les
veritez. Je crois donc pouvoir amener toute perſonne
intelligente à mon avis. Je ne
ſuis jamais ſûre d'amener une
perſonne ſenſible à mon goût:
je n'ai point d'attrait pour
l'attirer à moi. Rien ne ſe
tient dans les goûts ; tout

vient de la difpofition des organes & du rapport qui fe
trouve entre eux & les objets.
Il y a cependant une juftefle
de goût, comme il y a une
juftefle de fens. La juftefle de
goût juge de ce qui s'appelle
agrément, fentiment, bienféance, délicatefle, ou fleur
d'efprit, fi on ofe parler ainfi,
qui fait fentir dans chaque
chofe la mefure qu'il faut gar-
der. Mais comme on n'en
peut donner de regle aflûrée,
on ne peut convaincre ceux
qui y font des fautes. Dès que
leur fentiment ne les avertit
pas, vous ne pouvez les inf-
truire: De plus le goût a pour
objet des chofes fi délicates,

si imperceptibles, qu'il échappe aux regles. C'est la nature qui le donne; il ne s'acquiert pas. Le goût est d'une grande étendue ; il met de la finesse dans l'esprit, & vous fait appercevoir d'une maniere vive & prompte, sans qu'il en coûte rien à la raison, tout ce qu'il y a à voir dans chaque chose. C'est ce que veut dire Montagne, quand il assure que les Femmes ont un *esprit plein-sautier.* Dans le cœur le goût donne des sentimens délicats, & dans le commerce du monde une certaine politesse attentive, qui nous apprend à menager l'amour propre de ceux avec qui nous vivons. Je crois que le goût dépend de deux choses, d'un sentiment très délicat dans le cœur, & d'une grande justesse dans l'esprit. Il faut donc avouer que les hommes ne connoissent pas la grandeur du present qu'ils font aux Dames, quand ils leur passent l'esprit de goût.

Ceux qui attaquent les Femmes, ont prétendu que l'action de l'esprit qui consiste à considerer un objet, étoit bien moins parfaite dans les Femmes, parce que le sentiment qui les domine, les distrait & les entraîne. L'attention est necessaire; elle fait naître la lumiere pour ainsi

ainſi dire, approche les idées
de l'eſprit & les met à la
portée : mais chez les Femmes les idées s'offrent d'elles-
mêmes, & s'arrangent plû-
tôt par ſentiment que par re-
flexion : la nature raiſonne
pour elles & leur en épargne
tous les frais. Je ne crois
donc pas que le ſentiment
nuiſe à l'entendement ; il
fournit de nouveaux eſprits,
qui illuminent de maniere,
que les idées ſe preſentent
plus vives, plus nettes & plus
démêlées ; & pour preuve de
ce que je dis, toutes les paſſions ſont éloquentes : nous
allons auſſi ſûrement à la verité par la force & la chaleur

des sentimens, que par l'étenduë & la justesse des raison-
nemens; & nous arrivons toujours par eux plus vîte au but
dont il s'agit , que par les
connoiffances. La persuasion
du cœur est audessus de celle
de l'esprit, puisque souvent
notre conduite en dépend:
c'est à notre imagination &
à notre cœur, que la nature a
remis la conduite de nos ac-
tions & de ses mouvemens.

La sensibilité est une dis-
position de l'ame qu'il est
avantageux de trouver dans
les autres. Vous ne pouvez
avoir ni humanité ni genero-
sité, sans sensibilité. Un seul
sentiment , un seul mouve-

ment du cœur a plus de cre-
dit sur l'ame, que toutes les
sentences des Philosophes :
la sensibilité secourt l'esprit &
sert la vertu. On convient que
les agrémens se trouvent
chez les personnes de ce caractere ; les graces vives &
soudaines, dont parle Plutarque, ne sont que pour elles.
Une Dame qui a été un mo-
dele d'agrémens sert de preu-
ves à ce que j'avance. On
demandoit un jour à un homme d'esprit de ses amis, ce
qu'elle faisoit & ce qu'elle
pensoit dans sa retraite. Elle
n'a jamais pensé, répondit-il,
elle ne fait que sentir. Tous
ceux qui l'ont connuë, con-

viennent, que c'étoit la plus féduifante perfonne du monde, & que les goûts, ou plûtôt les paffions, fe rendoient maîtres de fon imagination & de fa raifon, de maniere que fes goûts étoient toujours juftifiez par fa raifon & refpectez par fes amis : aucun de ceux qui l'ont connuë, n'a ofé la condamner qu'en ceffant de la voir, parce que jamais elle n'avoit tort en prefence. Cela prouve que rien n'eft fi abfolu, que la fuperiorité de l'efprit, qui vient de la fenfibilité & de la force de l'imagination, parce que la perfuafion eft toujours à fa fuite.

Les Femmes d'ordinaire ne doivent rien à l'art. Pourquoi trouver mauvais qu'elles ayent un eſprit qui ne leur coûte rien ? Nous gâtons toutes les diſpoſitions que leur a donné la nature : nous commençons par negliger leur éducation : nous n'occupons leur eſprit à rien de ſolide, & le cœur en profite : nous les deſtinons à plaire, & elles ne nous plaiſent que par leurs graces ou par leurs vices ; il ſemble qu'elles ne ſoient faites que pour être un ſpectacle agréable à nos yeux. Elles ne ſongent donc qu'à cultiver leurs agremens, & ſe laiſſent aiſément entraîner au penchant de la nature ; elles ne fe refufent pas à des goûts qu'elles ne croyent pas avoir reçus de la nature, pour les combattre.

Mais ce qu'il y a de fingulier, c'eft qu'en les formant pour l'amour, nous leur en défendons l'ufage. Il faudroit prendre parti : fi nous ne les deftinons qu'à plaire, ne leur défendons pas l'ufage de leurs agrémens : fi vous les voulez raifonnables & fpirituelles, ne les abandonnez pas, quand elles n'ont que cette forte de merite ; mais nous leur demandons un mêlange & un menagement de ces qualitez, qu'il eft difficile d'attraper & de réduire à une mefure jufte. Nous leur voulons de l'efprit, mais pour le cacher, l'arrêter & l'empêcher de rien produire. Il ne fçauroit prendre l'effor, qu'il ne foit auffi-tôt rappellé par ce qu'on nomme bienféance. La gloire, qui eft l'ame & le foutien de toutes les productions de l'efprit, leur eft refufée. On ôte à leur efprit tout objet, toute efperance : on l'abaiffe, & fi j'ofe me fervir des termes de Platon, on lui coupe les aîles. Il eft bien étonnant qu'il leur en refte encore.

Les Femmes ont pour elles une grande autorité : c'eft S.

Evremont. Quand il a voulu donner un modele de perfe-ction, il ne l'a pas placé chez les hommes. *Je crois*, dit-il, *moins impoſſible de trouver dans les Femmes la ſaine raiſon des hommes, que dans les hommes les agremens des Femmes.* Je demande aux hommes de la part de tout le ſexe : Que voulez-vous de nous ? vous ſouhaitez tous de vous unir à des perſonnes eſtimables, d'un eſprit aimable & d'un cœur droit. Permettez-leur donc l'uſage des choſes qui perfectionnent la raiſon. Ne voulez-vous que des graces qui favoriſent les plaiſirs ? Ne vous plaignez donc pas ſi les

Femmes étendent un peu l'u-
sage de leurs charmes.

Mais pour donner aux
choses le rang & le prix
qu'elles meritent, distinguons
les qualitez estimables & les
agréables. Les estimables sont
réelles & sont intrinseques
aux choses, & par les loix
de la justice ont un droit naturel sur notre estime. Les
qualitez agréables qui ébran-
lent l'ame & qui donnent de
si douces impressions, ne sont
point réelles ni propres à l'objet ; elles se doivent à la dis-
position de nos organes & à
la puissance de notre imagination. Cela est si vrai, qu'un
même objet ne fait pas les mê-

mes impreſſions ſur tous les hommes, & que ſouvent nos ſentimens changent , ſans qu'il y ait rien de changé dans l'objet.

Les qualitez exterieures ne peuvent être aimables par elles-mêmes ; elles ne le ſont que par les diſpoſitions qu'elles trouvent en nous. L'amour ne ſe merite point , il échappe aux plus grandes qualitez. Seroit-il donc poſ-ſible que le cœur ne pût dépendre des loix de la juſtice, & qu'il ne fût ſoumis qu'à celles du plaiſir ? Quand les hommes voudront, ils réuniront toutes ces qualitez & ils trouveront des Fem-

mes aussi aimables que res-
pectables. Ils prennent sur
leur bonheur & sur leur plaisir, quand ils les dégradent.
Mais de la maniere dont elles
se conduisent, les mœurs y
ont infiniment perdu, &
les plaisirs n'y ont pas gagné.

Tout le monde convient,
qu'il est necessaire que les
Femmes se fassent estimer :
mais n'avons-nous besoin que
d'estime, & ne nous manque-
ra-t'il plus rien ? Notre raison
nous dira que cela doit suf-
fire. Mais nous abandonnons
aisement les droits de la raison pour ceux du cœur. Il
faut prendre la nature comme elle est ; les qualitez es-

timables ne plaisent qu'autant qu'elles peuvent nous devenir utiles : mais les aimables nous font aussi necessaires pour occuper notre cœur. Car nous avons autant de befoin d'aimer que d'eftimer : on fe laffe même d'admirer, fi ce qu'on admire n'est aussi fait pour plaire. Ce n'est pas même affez que ce fexe nous plaife, il femble qu'il foit obligé de nous toucher : le merite n'est pas brouillé avec les graces : lui feul a droit de les fixer : fans lui elles font legeres & fugitives. De plus la vertu n'a jamais enlaidi perfonne, & cela est fi vrai que la beauté fans merite &

sans esprit est insipide, & que
le merite fait pardonner la
laideur.

Je ne mets pas l'aimable
sentiment dans les qualitez
exterieures ; je l'étends plus
loin. Les Espagnols disent
que la beauté est comme les
odeurs dont l'effet est de peu
de durée : on s'y accoûtume
& on ne les sent plus. Mais
des mœurs, un esprit juste
& fin, un cœur droit & sensible, ce sont des beautez
ravissantes & toujours nouvelles. A present nos plaisirs
sont moins délicats, parce
que nos mœurs sont moins
pures. Examinons à qui on
doit s'en prendre.

On attaque depuis long-tems la conduite des Femmes; on prétend qu'elles n'ont jamais été si déreglées qu'à present, qu'elles ont banni la pureté de leur cœur & les bienséances de leur conduite : je ne sçai si on n'a pas quelque raison. Je pourrois cependant dire, qu'il y a long-tems qu'on se plaint des mêmes choses, qu'un siecle peut-être justifié par un autre, & pour sauver le present, je n'ai qu'à vous renvoyer au passé. Les mœurs se ressemblent dans tous les tems, mais elles se montrent sous des formes differentes; comme l'usage n'a droit que sur les choses exterieures, & qu'il ne s'étend point sur les sentimens, il ne redresse pas la nature; il n'ôte point les besoins du cœur, & les passions sont toujours les mêmes.

Les hommes se sont-ils acquis par la pureté de leurs mœurs le droit d'attaquer celles des Femmes? En verité les deux sexes n'ont rien à se reprocher. Ils contribuent également à la corruption de leur siécle. Il faut pourtant convenir que les manieres ont changé. La galanterie est bannie, & personne n'y a gagné : les hommes se sont separez des Femmes, & ont perdu la politesse, la dou-

ceur & cette fine délicateſſe
qui ne s'acquiert que dans
leur commerce : les Femmes
auſſi ayant moins de com-
merce avec les hommes, ont
perdu l'envie de plaire par
des manieres douces & mo-
deſtes, & c'étoit pourtant la
veritable ſource de leurs agrémens.

Quoique la Nation Fran-
çoiſe ſoit déchuë de l'ancien-
ne galanterie, il faut pourtant convenir qu'aucune autre
Nation ne l'avoit ni plus
pouſſée ni plus épurée. Les
hommes en ont fait un art de
plaire, & ceux qui s'y ſont
exercez & qui y ont acquis
une grande habitude, ont
des

des regles certaines , quand
ils fçavent s'adreffer à des caracteres foibles. Les Femmes
fe font donné des regles
pour leur refister : comme
elles joüiffent d'une grande
liberté en France , & qu'elles ne font gardées que par
leur pudeur & par les bienféances , elles ont fçu oppo-
fer leur devoir aux impref-
fions de l'amour. C'eft des
defirs & des deffeins des hommes , de la pudeur & de la
retenuë des Femmes , que fe
forme le commerce délicat ,
qui polit l'efprit & qui épure
le cœur : car l'amour perfectionne les ames bien nées.
Il faut convenir qu'il n'y

a que la Nation Françoise, qui se soit fait un art délicat de l'amour.

Les Espagnols & les Italiens l'ont ignoré ; comme les Femmes y sont presque enfermées, les hommes ne mettent leur application qu'à vaincre les obstacles exterieurs, & quand ils les ont surmontez, ils n'en trouvent plus dans la personne aimée ; mais l'amour qui s'offre n'est guere piquant. Il semble que ce soit l'ouvrage de la nature & non pas celui de l'amant. En France, l'on sçait faire un meilleur usage du tems. Comme le cœur est de la partie, & que souvent même chez les honnêtes perfonnes on n'a de commerce qu'avec lui , il eft regardé comme la fource de tous les plaifirs : c'eft auffi aux fentimens à qui nous devons tous nos Romans fi pleins d'efprit & fi épurez , & qui font ignorez des Nations dont je parle. Un Efpagnol, en lifant les Converfations de Clelie, difoit, *voilà bien de l'efprit mal employé*. Dès qu'on ne fçait faire qu'un ufage de l'amour , le Roman eft court : en retranchant la galanterie, vous paffez fur la délicateffe de l'efprit & des fentimens. Les Efpagnoles font vives & emportées : elles font à l'ufage des sens, & ne sont point à celui du cœur : c'est dans la resistance que les sentimens se fortifient & acquierent de nouveaux dégrez de délicatesse. La passion s'éteint, dès qu'elle est satisfaite ; & l'amour sans crainte & sans desirs est sans ame.

L'amour est le premier plaisir, la plus douce & la plus flateuse de toutes les illusions. Puisque ce sentiment est si necessaire au bonheur des humains, il ne le faut pas bannir de la societé ; il faut seulement apprendre à le conduire & à le perfectionner. Il y a tant d'écoles établies pour cultiver l'esprit, pourquoi n'en pas avoir pour cultiver le cœur? C'est un art qui a été négligé. Les paſſions cependant ſont des cordes, qui ont beſoin de la main d'un grand maître pour être touchées. Echappe-t'on à qui ſçait remuer les reſſorts de l'ame par ce qu'il y a de plus vif & plus fort?

L'amour n'étoit pas décrié chez les Anciens, comme il l'eſt à preſent. Pourquoi l'aviliſſons-nous? que ne lui laiſſons-nous toute ſa dignité? Platon a un grand reſpect pour ce ſentiment: quand il en parle, ſon imagination s'échauffe, ſon eſprit s'illumine & ſon ſtile s'embellit: quand il parle d'un homme touché ; *cet amant*, dit-il, *dont la perfonne eft facrée &c*. Il appelle les amans des amis divins, & infpirez par les Dieux.

Les Anciens ne croyoient pas que le plaifir dût être le premier objet de l'amour. Ils étoient perfuadez que la vertu devoit en être le foutien. Nous en avons banni les mœurs & la probité, & c'eft la fource de tous les malheurs. La plûpart des hommes d'à prefent croyent que les fermens que l'amour a dictez, n'obligent à rien. La morale & la reconnoiffance ne défendent point les fens contre les amorces de la nouveauté. La

plûpart aiment par caprice, &
changent par temperament.

Ce que l'amour fait
souffrir souvent, n'apprend
pas à s'en passer, il n'apprend
qu'à le déplorer. Voyons ce
que nous en pouvons faire.
Examinons la conduite des
Femmes dans l'amour, &
leurs differents caracteres.

Il en est de bien des sortes.
Il y a des Femmes qui ne
cherchent & ne veulent que
les plaisirs de l'amour. D'autres qui joignent l'amour &
les plaisirs, & quelques-unes
qui ne reçoivent que l'amour
& qui rejettent tous les plaisirs. Je passerai legerement sur
le premier caractere. Celles-

là ne cherchent dans l'amour que les plaisirs des sens, que celui d'être fortement occupées & entraînées, & que celui d'être aimées. Enfin elles aiment l'amour & non pas l'amant : ces personnes se livrent à toutes les passions les plus ardentes. Vous les voyez occupées du Jeu, de la Table : tout ce qui porte la livrée du plaisir est bien reçu.

J'ai toujours été étonnée qu'on pût associer d'autres passions à l'amour, qu'on laissât du vuide dans son cœur, & qu'après avoir tout donné on ne fût pas uniquement occupé de ce qu'on aime. Ordinairement

dinairement les personnes de ce caractere perdent toutes les vertus en perdant l'inno-cence ; & quand leur gloire est une fois immolée, elles ne menagent plus rien. On faisoit des reproches à Madame★★★★ qui violoit toutes les Loix de la bienséance. *Je veux jouir*, disoit-elle, *de la perte de ma re-putation.* Celles qui suivent de pareilles maximes rejettent les vertus de leur sexe. Elles les regardent comme un usa-ge de politique, auquel elles veulent échaper. Quelques-unes croyent qu'il suffit de donner quelques dehors pour satisfaire à leurs obligations, & dérober leurs foiblesses.

Mais il eſt dangereux de croire que ce qui eſt ignoré ſoit innocent. Elles rejettent les principes pour éluder les remords , & appellent du décret de tous les hommes. Toute leur vie elles paſſent de foibleſſe en foibleſſe , & ne ſentent jamais.

Dès qu'une Femme a banni de ſon cœur cet honneur tendre & délicat , qui doit être la regle de ſa vie , tremblez pour les autres vertus. Quel privilege auront - elles pour être reſpectées ? Leur doit-on plus qu'à ſon propre honneur ? Ces caracteres - là ne font jamais des caracteres aimables. Vous ne trouvez

en elles ni pudeur , ni délicateffe ; elles fe font une habitude de galanterie ; elles ne
fçavent point joindre la qualité d'amie à celle d'amante. Comme elles ne cher-
chent que les plaifirs, & non
pas l'union des cœurs , elles
échapent à tous les devoirs
de l'amitié. Voilà l'amour
d'ufage & d'à prefent, & où
les conduit une vie frivole &
diffipée.

Il eft une autre forte de
Femmes galantes qui fe livrent au plaifir d'aimer ,
qui ont fçû conferver les
principes de l'honneur, qui
n'ont jamais rien pris fur les
bienféances , qui fe refpec-

tent, mais que la violence
de la paſſion entraîne. Il en
eſt qui ne ſe prêtent pas à
leurs foibleſſes, qui y reſiſtent;
mais enfin l'amour eſt le plus
fort. J'ai connu une Femme
de beaucoup d'eſprit, à qui
je faiſois quelquefois de pe-
tits reproches, par l'interêt
que j'y prenois. ,, N'avez-
,, vous jamais ſenti, me di-
,, ſoit - elle, la force de l'a-
,, mour. Je me ſens liée, ga-
,, rottée, entraînée : ce ſont
,, les fautes de l'amour : ce ne
,, ſont plus les miennes. "
Montagne nous peint ſes diſpoſitions, quand il étoit touché. C'eſt un Philoſophe qui
parle … *Je me ſentois*, dit-il,

enlevé tout vivant & tout voyant.
Je voyois ma raison & ma conf-
cience fe retirer, fe mettre à part ;
& le feu de mon imagination me
tranfportoit hors de moi - même.
J'ai toujours crû qu'il n'y a
point d'honnête perfonne , qui
ne doive craindre de fe trouver
dans cet état.

Il y a des Femmes qui ont
une autre forte d'atachement.
On ne peut les dire galantes ;
cependant elles tiennent à
l'amour par les fentimens :
elles font fenfibles & tendres,
& elles reçoivent l'impreffion
des paffions. Mais comme
elles refpectent les vertus de
leur fexe , elles rejettent les
engagemens confiderables.

La nature les a faites pour
aimer. Les principes arrêtent
les mouvemens de la nature.
Mais comme l'ufage n'a des
droits que fur la conduite, &
qu'il ne peut rien fur le cœur,
plus leurs fentimens font re-
tenus, plus ils font forts.

Ceux des Femmes galantes
ne font ni vifs, ni durables,
ils s'ufent comme ceux des
hommes, en les exerçant.
On trouve bientôt la fin d'un
fentiment, dès qu'on fe per-
met tout. L'habitude aux plaifirs les fait difparoître. Les
plaifirs des fens prennent toû-
jours fur la fenfibilité des
cœurs, & ce que vous en re-
tranchez, retourne aux plaifirs de la tendreffe.

Mais si vous voulez trouver une imagination ardente, une ame profondément occupée, un cœur sensible & bien touché, cherchez - le chez les Femmes d'un caractere raisonnable. Si vous ne trouvez de bonheur & de repos que dans l'union des cœurs : si vous êtes sensible au plaisir d'être ardemment aimé, & que vous vouliez joüir de toutes les délicatesses de l'amour, de ses impatiences & de ses mouvemens si purs & si doux, soyez bien persuadé qu'ils ne se trouvent que chez les personnes retenuës & qui se respectent.

De plus, ne sentez-vous

pas le besoin d'estimer ce que vous aimez ? Quelle paix cela ne met-il pas dans un commerce ? Dès qu'on a sçû vous persuader qu'on vous aime, & que vous voyez à n'en pas douter, que c'est à la vertu seule qu'on sacrifie les desirs de son cœur, cela n'établit-il pas la confiance de tout le reste ? *Les refus de chasteté, dit Montagne, ne déplaisent jamais.*

Les hommes ne connoissent pas leurs interêts, quand ils cherchent à gagner l'esprit & le cœur des personnes qu'ils aiment. Il y a un plaisir plus touchant & plus durable que la liaison des sens : c'est l'union des cœurs, ce penchant secret qui vous porte vers ce que vous aimez, cet épanchement de l'ame, cette certitude qu'il y a une personne au monde qui ne vit que pour vous, & qui feroit tout pour vous sauver un chagrin.

L'amour, dit Platon, est entrepreneur de grandes choses; il vous conduit dans le chemin de la vertu, & ne vous souffrira aucune foiblesse. Voilà la marque du veritable amour. A Lacedemone quand un homme avoit manqué, ce n'étoit pas lui qu'on punissoit, mais la personne qui l'aimoit. On la croyoit coupable des fautes de la personne aimée. Ils sçavoient que l'amour dont je parle est l'appui le plus sûr de la vertu. Tous les exemples le confirment. Combien d'amans ont demandé à combattre devant leurs maîtresses, & ont fait des choses incroyables. Voilà le motif par lequel les honnêtes personnes se permettent d'aimer. Elles sçavent que se liant à un homme de merite, elles seront soutenuës & conduites dans le chemin de la vertu, par des principes & par des preceptes. Les Femmes entr'elles ne peuvent joüir du doux plaisir de l'amitié. Ce sont les besoins qui les unissent & non point les sentimens : la plûpart ne la connoissent pas & n'en sont pas dignes.

Il y a un goût dans la parfaite amitié, où ne peuvent atteindre les caracteres mediocres. Les Femmes ne peuvent pas ne point sentir leur cœur. Que faire de ce fonds de sentiment & de ce besoin qu'on a d'aimer & d'être aimée ? Les hommes en profitent, mais rien n'est si précieux ni si durable que cette sorte d'amour, quand vous y avez associé la vertu. Il met de la décence dans les pensées, dans la conduite & dans les sentimens. Le Tasse nous donne un modele de délicatesse

en la perſonne d'Olynde ;
il dit ** *que cet amant deſire
beaucoup, eſpere peu, & ne demande rien.* Cet amour peut
ſe ſuffire à lui-même : il eſt ſa
propre recompenſe.

La plûpart des hommes
n'aiment que d'une maniere
vulgaire. Ils n'ont qu'un objet. Ils ſe propoſent un terme
dans l'amour où ils eſperent
d'arriver : après bien des miſ-
teres, ils ne ſe repoſent que
dans les plaiſirs. Je ſuis toujours ſurpriſe qu'on ne veüille
pas rafiner ſur le plus deli-
cieux ſentiment que nous
ayons. Ce qui s'appelle le

** *Brama aſſai, poco ſpera, nulla
chiede.* CANT. II.

terme de l'amour, est peu
de chose. Pour un cœur tendre, il y a une ambition plus
élevée à avoir : c'est de por-
ter nos sentimens & ceux de
la personne aimée, au der-
nier dégré de délicatesse, &
de les rendre tous les jours
plus tendres, plus vifs & plus
occupans. De la maniere dont
on se conduit, l'amour meurt
avec les desirs, & disparoit,
quand il n'y a plus d'esperan-
ce. Ce qu'il y a de plus touchant est ignoré. La tendresse
ordinaire s'affoiblit & s'éteint.
Il n'y a rien de borné dans
l'amour, que pour les ames
bornées, mais peu d'hommes
ont l'idée de ces engage-

mens, & peu de Femmes en font dignes.

L'amour agit, felon les difpofitions qu'il trouve. Il prend le caractere des perfonnes qu'il occupe. Pour les cœurs qui font fenfibles à la gloire & aux plaifirs, comme ce font deux fentimens qui fe combattent, l'amour les accorde ; il prépare, il épure les plaifirs pour les faire recevoir aux ames fieres, & il leur donne pour objet la délicateffe du cœur & des fentimens. Il a l'art de les élever & de les ennoblir. Il infpire une hauteur dans l'efprit, qui les fauve des abaiffemens de la volupté. Il les juftifie par l'exemple, il les déïfie par la Poësie ; enfin il fait si bien que nous les jugeons dignes d'estime, ou tout au moins d'excuse.

Ces caracteres fiers coûtent plus à l'amour pour les assûjettir. Les personnes qui ont de la gloire dans le cœur souffrent dans les engagemens : il y a toujours une image de servitude attachée à l'amour. La tendresse prend sur la gloire des Femmes. Pour celles qui ont été bien élevées, & à qui on a inspiré des principes, les préjugez se font profondément gravez. Quand il faut déplacer de pareilles idées, ce n'est pas

le travail d'un jour. Rarement
font-elles heureufes. Entraînées par le cœur, déchirées
par leur gloire, l'un de ces
fentimens ne fubfifte plus
qu'aux dépens de l'autre. Cela prend toujours fur elles,
& ce font ordinairement
les plus aimables conquêtes.
Vous fentez l'effort & la refi-
ftance que le devoir oppofe
à leur tendreffe. Un amant
joüit du plaifir fecret de fentir tout fon pouvoir. La con-
quête eft plus grande & plus
pleine; elles ont plus à perdre : vous leur coûtez davantage.

Il y a toujours une forte
de cruauté dans l'amour. Les
plaifirs

plaisirs de l'amant ne se prennent que sur les douleurs de
l'amante. L'amour se nourrit
de larmes.

Ce qui rend ces caracte-
res plus aimables, c'est qu'il
y a plus de sûreté. Quand une
fois elles se font engagées,
c'est pour la vie, à moins que
les mauvais procedez ne les
dégagent. Elles se font un
devoir de leur amour ; elles
le respectent ; elles sont fide-
les & délicates ; elles ne man-
quent à rien. Le sentiment de
gloire qui les occupe tourne
au profit de l'amour, puis-
qu'elles en font plus tendres,
plus vives & plus appliquées.
Une amante aimable, & qui

a de la gloire dans le cœur, ne ſonge qu'à ſe faire eſtimer & l'amour la perfectionne. Il faut convenir que les Femmes ſont plus délicates que les hommes en fait d'attachement. Il n'appartient qu'à elles de faire ſentir par un ſeul mot, par un ſeul regard, tout un ſentiment. Les inconveniens des caracteres fiers ſont d'être abſolus & aiſez à bleſſer. Comme elles ſentent leur prix, elles exigent plus.

Les caracteres ſenſibles & mélancoliques trouvent des charmes & des agrémens infinis dans l'amour, & en font ſentir. Il y a des plaiſirs à part pour les ames tendres &

délicates. Ceux qui ont vêcu
de la vie de l'amour, sçavent
combien leur vie étoit ani-
mée ; & quand il vient à leur
manquer, ils ne vivent plus.
L'amour fait tous les biens &
tous les maux ; il perfectionne les ames bien nées ; car
l'amour dont je parle est un
censeur severe & délicat, qui
ne pardonne rien. Les caracteres mélancoliques y sont
plus propres. Qui dit amou-
reux, dit triste ; mais il n'appartient qu'à l'amour de donner des tristesses agréables.

Les personnes mélancoli-
ques ne sont occupées que
d'un sentiment ; elles ne vivent que pour ce qu'elles

aiment. Desoccupées de tout, aimer est l'emploi de tout leur loisir. A-t'on trop de toutes ses heures pour les donner à ce qu'on aime ?

Opposez à ce caractere, pour en connoître le prix, celui qui lui est contraire. Voyez les Femmes du monde, qui sont livrées au jeu, aux plaisirs & aux spectacles ; que ne leur faut-il pas pour l'emploi du tems ? Si elles sçavent bien trouver la fin de la journée, sans qu'elles aiment, n'est-ce pas autant de pris sur le goût principal ? Nous n'avons qu'une portion d'attention & de sentiment : dès que nous nous livrons aux

objets exterieurs , le fentiment dominant s'affoiblit ;
nos defirs ne font-ils pas plus
vifs , & plus forts dans la
retraite ?

Il y a des plaifirs qui ne
font faits que pour des gens
délicats & attentifs. L'amour
eft un Dieu jaloux qui ne
fouffre aucune rivalité. La
plûpart des Femmes pren-
nent l'amour comme un amufement ; elles s'y prêtent &
ne s'y donnent pas : elles ne
connoiffent point ces fentimens profonds , qui occu-
pent l'ame d'une tendre
amante.

Mademoifelle Scudery dit
que la mefure du merite fe tire

de l'étenduë du cœur & de la ca-
pacité qu'on a d'aimer. Avec une
pareille regle le merite des
Femmes d'à present sera
leger.

Enfin celles qui sont des-
tinées à vivre d'une vie de
sentiment, sentent que l'a-
mour est plus necessaire à la
vie de l'esprit, que les alimens
ne le sont à celle du corps.
Mais notre amour ne sçauroit
être heureux qu'il ne soit re-
glé. Quand il ne nous coûte
ni vertu, ni bienseance, nous
jouissons d'un bonheur sans
interruption. Nos sentimens
sont profonds, nos joyes
sont pures, nos esperances
sont flateuses, l'imagination

est agréablement remplie , l'esprit vivement occupé, & le cœur touché. Il y a dans cette sorte d'amour des plaisirs sans douleur , & une espece d'immensité de bonheur qui anéantit tous les malheurs , & les fait disparoître. L'amour est à l'ame ce que la lumiere est aux yeux. Il écarte les peines , comme les lumieres écartent les tenebres. Madame de ****
disoit que les beaux jours que donne le soleil, n'étoient que pour le peuple : mais que la presence de ce qu'on aimoit, faisoit les beaux jours des honnêtes gens. Ceux qui sont destinez à une vie si heureuse,

font dans le monde, comme s'ils n'y étoient pas, & ne s'y prêtent que pour des inſtans. Rien ne les intereſſe, que ce qu'ils ſentent. Rien ne les peut remplir que l'amour.

L'eſprit que l'amour donne eſt vif & lumineux : il eſt la ſource des agremens. Rien ne peut plaire à l'eſprit qu'il n'ait paſſé par le cœur.

La difference de l'amour aux autres plaiſirs eſt aiſée à faire à ceux qui en ont été touchez. La plûpart des plaiſirs ont beſoin, pour être ſentis, de la preſence de l'objet. La muſique, la bonne chere, les ſpectacles, il faut que ces plaiſirs ſoient preſens pour faire

faire leurs impreſſions, pour
rappeller l'ame à eux, & la
tenir attentive. Nous avons
en nous une diſpoſition à les
goûter : mais ils ſont hors de
nous, ils viennent du dehors.
Il n'en eſt pas de même de
l'amour ; il eſt chez nous, il
eſt une portion de nous-mêmes ; il ne tient pas ſeulement
à l'objet, nous en jouiſſons
ſans lui. Cette joye de l'ame
que donne la certitude d'être
aimée ; ces ſentimens tendres
& profonds ; cette émotion
de cœur vive & touchante,
que vous donnent l'idée & le
nom de la perſonne que vous
aimez ; tous ces plaiſirs ſont
en nous, & tiennent à notre

propre sentiment. Quand votre cœur est bien touché, &
que vous êtes sûr d'être aimée ; tous vos plus grands
plaisirs sont dans votre amour;
vous pouvez donc être heureuse par votre seul sentiment,
& associer ensemble le bonheur & l'innocence.

FIN.

De l'Imprimerie de PAULUS-DU-MESNIL.

Requêtes ordinaires de notre Hôtel, Grand'Conseil, Prevôt de Paris, Baillifs, Senechaux, leurs Lieutenans Civils & autres nos Justiciers qu'il appartiendra ; Salut : Notre bien-amé LE BRETON, Libraire à Paris : Nous ayant fait suplier de lui accorder nos Lettres de Permission pour l'impression d'un Ouvrage qui a pour titre : *Reflexions nouvelles sur les Femmes, par une Dame de la Cour* : Offrant pour cet effet de le faire imprimer en bon papier & beaux caracteres suivant la feuille imprimée & attachée pour modele sous le contrescel des Presentes : Nous lui avons permis & permettons par ces Presentes de faire imprimer ledit Ouvrage ci-dessus specifié conjointement ou separément, & autant de fois que bon lui semblera, sur papier & caracteres conformes à ladite

feuille imprimée & attachée sous
notredit contrescel, & de le vendre, faire vendre & débiter par
tout notre Royaume pendant le
tems de trois années consecuti-
ves, à compter du jour de la date
desdites Presentes. Faisons défen-
ses à tous Libraires, Imprimeurs
& autres personnes de quelque
qualité & condition qu'elles soient
d'en introduire d'impression étran-
gere dans aucun lieu de notre
obéissance ; à la charge que ces
Presentes seront enregistrées tout
au long sur le Registre de la Com-
munauté des Libraires & Imprimeurs de Paris dans trois mois de
la date d'icelles, que l'impression
de cet Ouvrage sera faite dans
notre Royaume & non ailleurs,
& que l'Impetrant se conformera
en tout aux Reglemens de la Li-
brairie, & notamment à celui du
10 Avril 1725, & qu'avant de

l'expofer en vente, le manufcrit
ou imprimé qui aura fervi de copie à l'impreffion dudit Ouvrage,
fera remis dans le même état où
l'approbation y aura été donnée,
ès mains de notre très-cher & feal
Chevalier Garde des Sceaux de
France le Sr Chauvelin, & qu'il
en fera enfuite remis deux Exem-
plaires dans notre Bibliotheque
publique, un dans celle de notre
Château du Louvre & un dans
celle de notred. très-cher & feal
Chevalier Garde des Sceaux de
France le Sieur Chauvelin; le tout
à peine de nullité des Prefentes,
du contenu defquelles vous man-
dons & enjoignons de faire jouir
l'Expofant ou fes ayans caufe,
pleinement & paifiblement fans
fouffrir qu'il leur foit fait aucun
trouble ou empêchement. Voulons qu'à la copie defdites Prefentes, qui fera imprimée tout au

long au commencement ou à la
fin dudit Livre foy foit ajoutée
comme à l'Original. Commandons
au Premier notre Huiffier ou Ser-
gent de faire pour l'execution d'i-
celles tous actes requis & néceffai-
res, fans demander autre permif-
fion, & nonobftant clameur de
Haro, Charte Normande & Lettres à ce contraires : Car tel eft
notre plaifir. Donné à Paris le
vingt-fixiéme jour du mois de
Novembre l'An de grace mil
fept cent vingt - fept, & de notre
Regne le treiziéme. Par le Roy
en fon Confeil.

Signé, FOUBERT.

*Regiftré fur le Regiftre VII. de
la Chambre Royale des Libraires
& Imprimeurs de Paris, N°. 18.*

fol. 18. conformément aux anciens Reglemens confirmez par celui du 28 Février 1723. A Paris le deux Décembre mil sept cent vingt-sept.

BRUNET, Syndic.

9 782019 130985